獻給丹妮葉・布魯埃爾，她會讓電暖爐讀書……
——碧雅翠絲・芳塔內

獻給呂西昂和瑪提厄
——露西・帕拉桑

文／碧雅翠絲·芳塔內
Béatrice Fontanel

圖／露西·帕拉桑
Lucile Placin

林間奇遇
Capricieuse

譯／尉遲秀

在 一座森林的深處，有一條小河潺潺流過，
水塘四處散落，波光粼粼。可是，有一天早上，

「哎唷！好痛！可惡！」有個聲音從一株蕨類植物的底下傳來。

那是一個好小好小的小女孩，比一隻蜻蜓還小。

她從　　頭上摔下來，緊緊摀著自己的腳，臉上露出痛苦的表情。

「這座森林瘋了，我討厭這座森林！
到處都是荊棘、蕁麻、岩石……根本沒辦法走路！」

她這也不滿，那也抱怨，
沒有人知道她怎麼來到這裡，
整座森林裡只聽得到她抱怨的聲音，
就連鳥兒的叫聲也靜默了。

小蠻（這是她的名字）試著要站起來，
單腳跳著前進，結果立刻痛得大叫。

她的聲音跟喜鵲一樣震耳欲聾，
有隻烏龜被嚇得從草叢裡走了出來。

「來，你過來！」
小蠻立刻對他下達命令。
烏龜乖乖的走了過來。

然後，小蠻連問都沒問，
就爬上烏龜的殼，坐在上面。

「一點都不舒服……」小蠻說。

「算了，我們往那邊走。」
她一邊指著河流，一邊說。

那是一條閃閃發光的小河，
　　從樺樹之間流過。

這對小拍檔上路了。
「真是的，你就不能再快一點嗎？」
小蠻抗議：「算了，那我要睡一下子，
這樣時間會過得比較快。」說完，小蠻就睡著了。

過了一會兒，她醒過來，伸伸懶腰，轉頭一看，
氣呼呼的大叫：「我們只走了這麼一點點路嗎？」
烏龜點點頭，不為所動，繼續走他的路。
小蠻開始生悶氣了。

「真的好無聊喔！
而且屁股好痛。
你等一下啦。」小蠻說。
她滑到地上，收集了一些苔蘚，
做成一個墊子。

「這樣好多了！
你真的沒辦法再走快一點點嗎？」
小蠻在烏龜的耳邊用可愛的聲音哄著他。

溫柔的烏龜
又點了點頭，繼續
用同樣的步伐往前走。

「我 真的快要無聊死了！」小蠻悲傷的說。
然後，她想了一下，又承認：
「其實還是很好玩啦，我可是騎在烏龜的背上呢。」

於是，她開始東看看，西看看……

「噢，好漂亮的小蟲子！」
小蠻讚嘆著：「好像非洲祖魯族的盾牌！」

白天慢慢過去，
陽光像一根根手指穿過樹葉，灑落下來。
松果落在地上，發出悶悶的聲響，

蘑菇聞起來好香……
小蠻閉上嘴巴，
聆聽森林的聲音。

夜色慢慢包圍樹林，小蠻餓壞了，
她大口吃著野草莓，
紅紅的莓汁不小心滴到了洋裝。

「噢，糟糕！」她嘆了一口氣：
「我有點累了，烏龜，你不累嗎？」

烏龜還是點點頭。

一隻烏鶇宣布了夜晚的降臨：
「注意！注意！天就要黑了！」
他用鳥語發出預告。小蠻開始覺得有點害怕。
她決定爬到一棵老山毛櫸上，找個可以睡覺的地方。

她爬過一根根岔來岔去的樹枝，
都沒有頭暈。
終於，她來到樹幹的高處，
發現那裡有個軟綿綿的鳥巢，
裡頭鋪著羽絨、羊毛還有蜘蛛網。

「睡在這裡一定很溫暖！」小蠻心裡想著。
可是，才剛坐下，她就驚呼一聲：「噢，裡面有好奇怪的臭味！」

就在這個時候，一隻巨大的鳥出現了
——或許他是鳥巢的主人——
他看到入侵者，非常憤怒。
他發出嚇人的叫聲，
頭上的冠羽也豎了起來。

小蠻急忙從樹上衝下來，
膝蓋都被樹皮磨破了，
最後，她摔在她的老朋友烏龜身邊的苔蘚上。

「如果我睡在你旁邊，你不會介意吧？」小蠻問烏龜。
烏龜還是跟平常一樣，點了點頭。
小蠻過了一會兒才睡著，
因為有很多螞蟻和小甲蟲在她身邊爬來爬去。

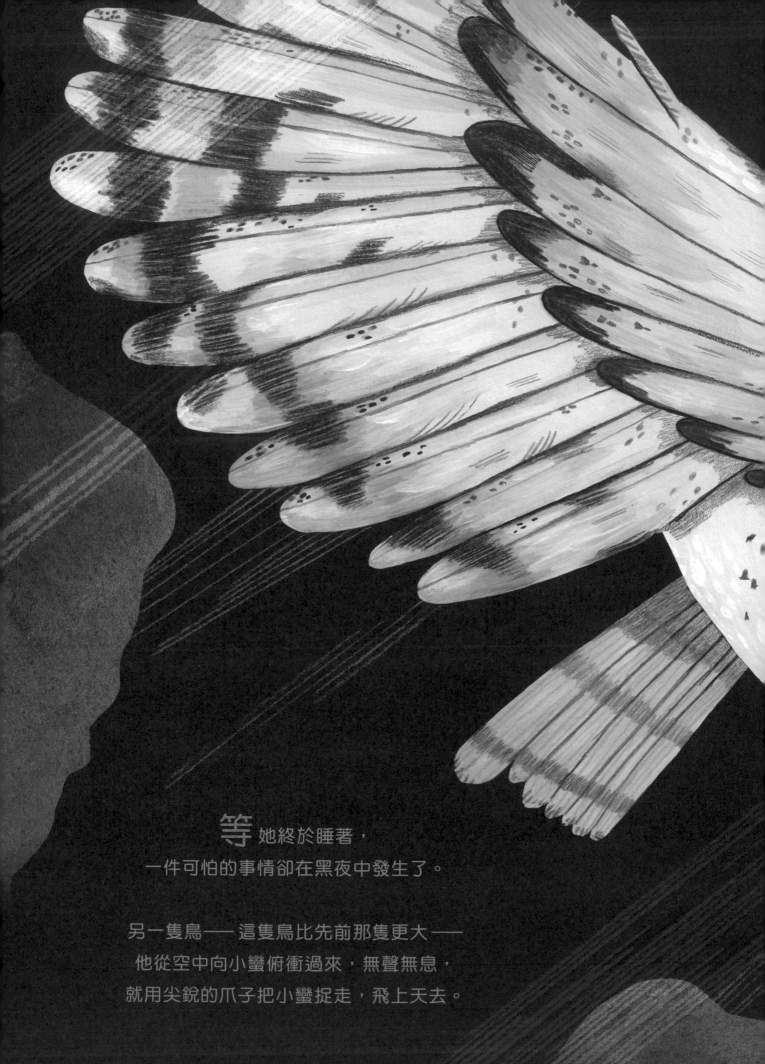

等 她終於睡著，
一件可怕的事情卻在黑夜中發生了。

另一隻鳥——這隻鳥比先前那隻更大——
他從空中向小鸞俯衝過來，無聲無息，
就用尖銳的爪子把小鸞捉走，飛上天去。

「救命！救命！」
小蠻大喊大叫，兩條腿慌張的亂踢，
結果，貓頭鷹受不了這個瘦巴巴又吵個不停的獵物，
他鬆開爪子，把小蠻從半空中丟下。

啊啊啊……

小蠻以為自己的末日到了，
高聲尖叫：「我快要摔扁了！」
可是沒有，她驚險無比的掉進一條河裡。

小蠻很快的浮出水面，她跳過一葉一葉的睡蓮，
再緊緊攀住一株茨菰，重新回到岸上。
她的洋裝扯破了，濕答答的。
她好想放聲大哭，可是，天已經沒那麼黑，
鳥兒也開始唱歌了，
四周都是啁啾鳴唱的聲音，
從樹梢望出去，天亮了。

小蠻看到她親愛的朋友緩緩走了過來。
她第一次看起來這麼迫不及待見到他。
「噢，烏龜！親愛的烏龜！謝謝你沒有丟下我。」

森林裡還是濕濕涼涼的，可是太陽已經升上天空，
陽光溫暖了這一小群森林居民。

於是，這兩個朋友繼續上路，
一直走到森林邊緣。
再過去，是一大片虞美人花和矢車菊的花海，
中間有一條公路穿過。

小蠻跳下龜殼，整理一下洋裝，
然後在烏龜的陪伴下，靜靜等待。
天氣愈來愈熱，
虎甲蟲在虞美人花和松蟲草上盪鞦韆。

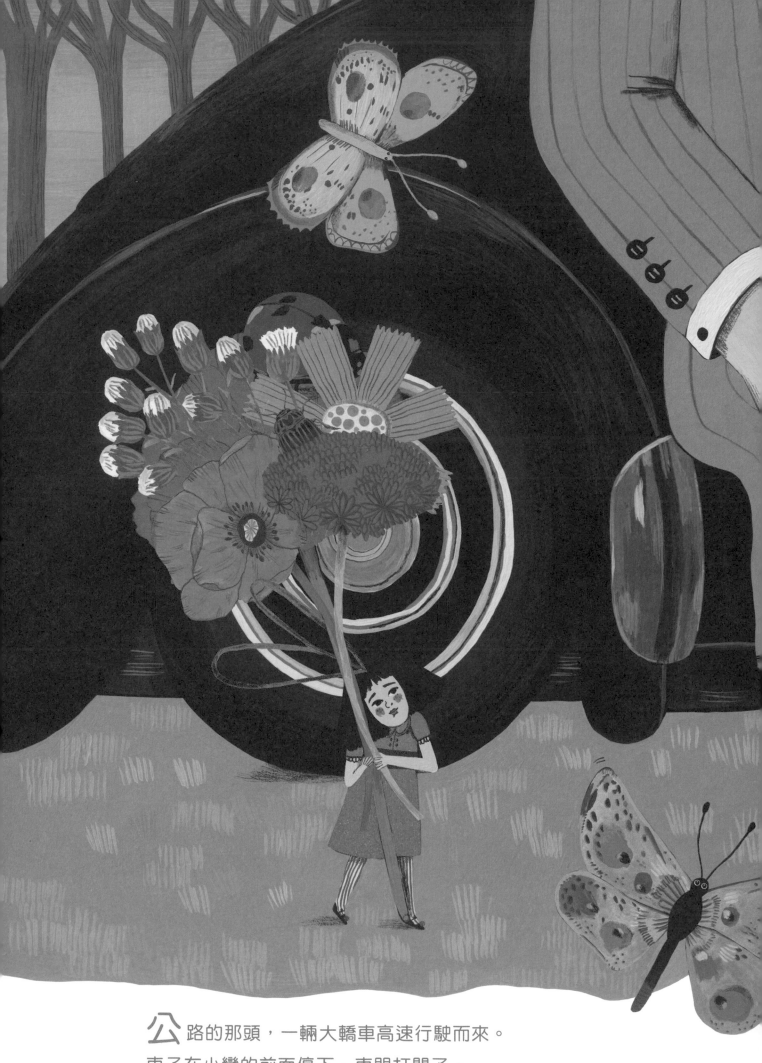

公 路的那頭，一輛大轎車高速行駛而來。
車子在小蠻的前面停下，車門打開了。

「小蠻！真該死！你跑到哪裡去了？害我擔心得要命！」
一隻大手從車裡伸出來，把小蠻像一朵花那樣摘起來，放進車裡。
「嗯，我知道，爸爸，我不應該亂跑，可是我又不知道在森林裡會迷路⋯⋯
再說，森林其實也沒那麼可怕呢！」

然後，一陣沉默之後，小蠻說：
「爸爸，你可以買一隻大烏龜給我嗎？」

我們沒有聽見爸爸的回答，
因為車門已經關上，車子也開走了。

XBFL0001 **林間奇遇** Capricieuse

文：碧雅翠絲・芳塔內 Béatrice Fontanel ｜圖：露西・帕拉桑 Lucile Placin
譯：尉遲秀

字畝文化創意有限公司

社長：馮季眉｜責任編輯：陳奕安｜編輯：戴鈺娟、陳心方、巫佳蓮｜美術設計：張簡至真

讀書共和國出版集團

社長：郭重興｜發行人兼出版總監：曾大福
業務平臺總經理：李雪麗｜業務平臺副總經理：李復民
實體通路協理：林詩富｜網路暨海外通路協理：張鑫峰｜特販通路協理：陳綺瑩
印務協理：江域平｜印務主任：李孟儒

發行：遠足文化事業股份有限公司｜地址：231 新北市新店區民權路 108-2 號 9 樓
電話：(02)2218-1417｜傳真：(02)8667-1065｜電子信箱：service@bookrep.com.tw
網址：www.bookrep.com.tw

法律顧問：華洋法律事務所　蘇文生律師｜印製：通南彩色印刷有限公司
2022 年 2 月　初版一刷｜定價：350 元｜ISBN 978-986-0784-61-9｜書號：XBFL0001

特別聲明：有關本書中的言論內容，不代表本公司／出版集團之立場與意見，文責由作者自行承擔。

林間奇遇 / 碧雅翠絲．芳塔內（Béatrice Fontanel）
作；露西．帕拉桑 (Lucile Placin) 繪；尉遲秀譯．
-- 初版 .-- 新北市：字畝文化出版：遠足文化事業
股份有限公司發行 , 2022.02
　面；　公分
ISBN 978-986-0784-61-9（精裝）
876.596　　　　　　　　　　110014552